AF460004

14 Décembre 1885. Mr Stettiner

V

VENTE

DES LUNDI 14 ET MARDI 15 DÉCEMBRE 1885

HOTEL DROUOT, SALLE N° 3

à 2 heures 1/2

ÉTOFFES ANCIENNES

Velours de Gênes — Brocarts — Damas
Soieries brochées — Satins
Point de Hongrie — Galons — Franges
Costumes

DENTELLES — GUIPURES

CURIOSITÉS

BOIS SCULPTÉS — MEUBLES — MARBRES

BRONZES — PORCELAINES — FAÏENCES

OBJETS DE VITRINE

ARGENTERIE — BIJOUX

TAPISSERIES

Objets divers

Me Robert LE SUEUR
COMMISSAIRE - PRISEUR
29, rue Le Peletier, 29

M. F. JACOB
EXPERT
7, rue Drouot, 7

EXPOSITION PUBLIQUE

LE DIMANCHE 13 DÉCEMBRE 1885

de 1 heure 1/2 à 5 heures.

ADDITUS
NATURÆ
IMPRIMERIE DE L'ART

CONDITIONS DE LA VENTE

Elle sera faite au comptant.

Les acquéreurs payeront en sus des enchères *cinq pour cent*, applicables aux frais.

L'exposition mettant le public à même de se rendre compte de l'état des objets, il ne sera admis aucune réclamation une fois l'adjudication prononcée.

Paris. — Imp. de l'Art. E. Ménard et J. Augry
41, rue de la Victoire, 41

DÉSIGNATION DES OBJETS

ÉTOFFES

Trois très beaux panneaux de tenture, représentant des sujets mythologiques et bibliques. Remarquable travail en point de Hongrie du XVIIe siècle. (Hauteur, 4 mètres.)

1 — Trois chasubles en velours de Gênes, fond vieil or.

2 — Deux jolies portières en broderie d'application, fond vieil or à décors de fleurs, avec entourage de bandes en velours grenat.

3 — Bande en velours de Gênes, fond vert.

4 — Bandeau en velours de Gênes, décors violets d'ornements et de fleurs.

5 — Bandeau velours grenat, avec ornements à rinceaux.

6 — Dalmatique en velours de Gênes, fond vieil or.

7 — Bandeau en vieux velours.

8 — Deux bandeaux en vieux velours.

9 — Bandeau en velours violet.

10 — Bandeau en vieux velours.

11 — Chape en soierie brochée, fond marron, décor vieil or.

12 — Chasuble et deux dalmatiques en soierie brochée, fond jaune, avec franges et galons.

13 — Petit tapis Louis XVI, décors de bouquets de fleurs.

14 — Chasuble en velours de Gênes, décors verts.

15 — Bandeau en soierie brochée, décors de feuillages en or et couleurs. Époque Louis XIV.

16 — Chasuble en velours de Gênes, décors verts.

17 — Chape en broderie de point de Hon-

grie, décors de fleurs et rinceaux. Époque Louis XIV.

18 — Chasuble en soierie brochée, décors de chinois et de fleurs.

19 — Chasuble en soierie, fond vert.

20 — Chape en soierie brochée, décors de fleurs.

21 — Bandeau en soierie brochée, décors de fleurs.

22 — Bandeau en soierie brochée.

23 — Bandeau en soierie brochée, fond violet, décors de fleurs.

24 — Bandeau en soierie brochée à fleurs.

25 — Bandeau en soierie brochée, fond rose à raies, décors de fleurs.

26 — Bandeau en soierie brochée, décors de fleurs.

27 — Grand bandeau en soierie brochée, décors de fleurs. Époque Louis XVI.

28 — Bandeau à raies et bouquets de fleurs.

29 — Couvre-lit en brocart, fond rouge, décors de bouquets de fleurs et d'ornements vieil argent.

30 — Petit tapis en brocart, fond vieil argent.

31 — Petit tapis en soierie brochée, fond marron.

32 — Chasuble en soierie brochée, fond vert, décors de fleurs.

33 — Bandeau Louis XVI, fond bleu à fleurettes.

34 — Bandeau en soierie brochée à fleurs,

35 — Bandeau en soierie brochée à fleurs, fond bleu.

36 — Autre analogue.

37 — Bandeau en soierie brochée, décors en jaune avec franges.

38 — Bandeau Louis XVI en soierie brochée, fond bleu, décors de fleurs.

39 — Bandeau en satin rose.

40 — Deux autres.

41 — Bandeau en soierie brochée à fleurs.

42 — Petit tapis en soierie brochée, fond vert.

43 — Bandeau en brocart à fleurs.

44 — Quatre morceaux en soierie brochée, à bouquets de fleurs.

45 — Bandeau en soierie, fond bleu, bouquets de roses.

46 — Bandeau en soierie à fleurs, fond saumon.

47 — Chape en soierie brochée, décors de maisons et de fleurs. Époque Louis XIV.

48 — Petit tapis Louis XVI, à fleurettes et personnages.

49 — Bande en soierie brochée, fond bleu à bouquets de fleurs.

50 — Tapis en soierie, fond bleu à fleurs.

51 — Chape en satin rose, avec bande en brocart à personnages.

52 — Écharpe en soierie, décors d'oiseaux.

53 — Petit tapis en soierie brochée.

54 — Couvre-lit fond vert, décors de fleurs.

55 — Tapis fond blanc, décors de fleurettes en couleurs.

56 — Deux bandeaux en brocart avec franges.

57 — Tapis et deux morceaux en brocart, fond vieil or à bouquets de fleurs.

58 — Tapis en soierie, fond saumon à fleurs.

59 — Deux petits tapis en soierie brochée, fond vert, décors de fleurs.

60 — Chasuble fond vert, décors de fleurs or.

61 — Tapis en brocart, fond vieil argent, décors de fleurs en couleurs.

62 — Chasuble à fleurs, fond rose.

63 — Environ 30 mètres, en deux morceaux, de brocatelle, décors de bouquets de fleurs roses.

64 — Petit bandeau fond blanc à fleurs.

65 — Bande de 7 mètres, en soierie brochée, fond marron, ornements de fleurs.

66 — Chasuble fond vert quadrillé, broderies et galons dorés.

67 — Bande de 7 mètres environ en soierie brochée, fond blanc, décors de fleurs en couleurs. Époque Louis XIV.

68 — Chasuble fond vieil or, décors verts.

69 — Couvre-lit en soierie, fond marron, décors de fleurs en vert.

70 — Deux dalmatiques et chasuble en soierie fond vert, ornées de fleurs.

71 — Bande en soierie, fond gris à raies, décors de bouquets de fleurs.

72 — Trois jupes en satin cerise.

73 — Jupon en satin cerise.

74 — Portière en soierie, fond vieil or, dessins verts.

75 — Couvre-lit en satin, fond jaune, décors en blanc et vert.

76 — Devant d'autel en brocart, fond rouge.

77 — Chape en soierie brochée, décors de fleurs.

78 — Couvre-lit en satin vert olive, avec franges et galons.

79 — Rideau en soierie brochée, décors verts.

80 — Robe en soierie, fond violet à fleurs Louis XV.

81 — Couvre-lit en soierie, fond rose à dessins blancs.

82 — Tapis en soierie, fond bleu, décors et bouquets de fleurs Louis XIV.

83 — Bandeau en soierie, fond bleu, décors or et argent.

84 — Couvre-lit en brocart, fond rose, décors d'ornements et fleurs. Époque Louis XIV.

85 — Tapis fond rose, décors de vases et fleurs.

86 — Petit tapis en soierie brochée à fleurs.

87 — Bande fond vert. Broderie dorée. Époque Louis XIII.

88 — Bande verte. Époque Louis XIII.

89 — Chasuble fond violet, décors d'or.

90 — Couvre-lit et lambrequin, fond bleu à franges; un tapis.

91 — Couvre-lit fond rouge, décors blancs de rinceaux, personnages, animaux chimériques et fleurs. Époque Louis XIV.

92 — Bandeau en point de Hongrie.

93 — Quatre lambrequins à raies moirées, velours grenat et franges.

94 — Trois lambrequins (environ 7 mètres), point de Hongrie, ornements de fleurs, armoiries, personnages. Époque Louis XIII.

95 — Deux morceaux fond rose, décors jaunes.

96 — Tapis, décors de fleurs jaunes.

97 — Habit et gilet en satin bleu, avec broderies de peluche jaune et bleue.

98 — Habit, gilet et culotte en satin havane, avec broderies à paillettes.

99 — Couvre-lit en soierie verte.

100 — Gilet Louis XVI, broderie blanche.

101 — Gilet Louis XVI, broderies couleurs.

102 — Gilet Louis XVI, soierie bleue; broderie de fleurs en couleurs.

103 — Deux habits, deux gilets, une culotte; soierie verte.

104 — Trois gilets Louis XVI, à fleurettes.

105 — Deux gilets Louis XVI, à paillettes.

106 — Livrée de cardinal : habit, culotte, gilet et chapeau.

107 — Robe Watteau : devant de jupe et écharpe en brocart argenté et fleurs.

108 — Bande en point de Hongrie.

109 — Chasuble Louis XIV, broderie d'or et fleurs.

110 — Chasuble fond blanc, ornements d'or et fleurs en couleurs.

111 — Chasuble en point de Hongrie.

112 — Petit tapis fond rose, décors de broderies d'argent et de fleurs.

113 — Chasuble fond blanc, broderie de fleurs.

114 — Chasuble en point de Hongrie.

115 — Bande Louis XIII, broderie sur toile.

116 — Chape en soierie fond rose, broderie de fleurs argentées.

117 — Tapis fond blanc, broderie de fleurs.

118 — Chasuble Louis XIV richement bordée, décors de fleurs, personnages et oiseaux.

119 — Devant d'autel Louis XIV, décors de rinceaux et fleurs.

120 — Devant d'autel Louis XIII, broderie de fleurs et oiseaux.

121 — Devant d'autel Louis XIV, broderie dorée, fleurs en couleurs et couronne au centre.

122 — Grand panneau de tenture, fond satin crème, décors de fleurs et d'oiseaux, avec bordure à sujets de personnages chinois. Travail portugais.

123 — Tapis en point de Hongrie.

124 — Couvre-lit fond jaune. Environ 16 mètres.

125 — Environ 70 mètres de brocart fond rouge, broderie argentée, lions et ornements.

126 — Baldaquin et couvre-lit fond jaune, décors d'oiseaux et ornements. Environ 50 mètres.

127 — Pente en broderie verte avec franges. Époque Louis XIII.

128 — Tapis fond rose, avec entourage en points de Hongrie sur filet, avec franges dentelées.

129 — Deux morceaux de damas vert.

130 — Couvre-lit, soierie verte, décors de fleurs.

131 — Deux chasubles : bande de velours et soierie brochée.

132 — Bandeau et morceau de soierie brochée fond vert, décors blancs.

133 — Bandeau en brocart argenté.

134 — Petit tapis fond rose, broderie d'argent.

135 — Dessus de siège en point de Hongrie.

136 — Quatre dessus de siège en point de Hongrie, sujets à personnages.

137 — Petit tapis fond blanc, broderies et fleurs.

138 — Petit tapis orné d'un écusson.

139 — Petit tapis, broderies de fleurs.

140 — Petit bandeau fond rose.

141 — Petit tapis fond violet.

142 — 67 mètres de galons fond blanc, broderie, peluche bleue et jaune.

143 — Couvre-lit fond jaune, brocatelle jaune, décors de fleurs bleus Louis XIII et franges.

144 — Entourage de broderies découpées. Deux cartons.

145 — Bandeau Louis XVI, fond blanc, à fleurettes.

146 — Tapis : soierie brochée, fond vert à fleurs.

147 — Tapis : velours de Gênes, décors rouges.

148 — Coussin : broderie, fleurs et argent.

149 — Grand bandeau, broderie sur fond jaune.

150 — Tapis à franges et fleurs, fond rouge.

151 — Coussin, broderie rouge sur toile.

152 — Bandeau, broderie sur toile.

153 — Écharpe, broderie sur toile.

154 — Bande en point de Hongrie.

155 — Bande, broderie sur toile.

156 — Bande, broderie sur filet.

157 — Couvre-lit en guipure.

158 — Petit tapis en guipure Louis XIII.

159 — Bandeau, toile; bandes, guipures.

160 — Entourage de guipure.

161 — Bandeau en broderie sur filet.

162 — Bandeau, broderie sur toile.

163 — Bandeau, broderie sur toile, avec franges.

164 — Nappe, avec bande et entourage en guipure.

165 — Devant d'autel, bande de guipure.

166 — Tapis, toile; entourage en guipure.

167 — Petit tapis en soierie bleue, entourage en guipure.

168 — Bandeau en soie bleue et guipure.

169 — Bandeau en broderie sur toile.

170 — Bandeau en broderie sur toile.

171 — Coussin, broderie sur toile.

172 — Bande en broderie sur toile.

173 — Petit tapis en toile, entourage en guipure.

174 — Grand bandeau en toile, bande en guipure.

175 — Coupe d'environ $7^m,60$, en guipure Louis XIII, sujets à personnages. Hauteur, 14 centimètres.

176 — $2^m,15$ de frange dorée.

177 — $3^m,50$ de frange dorée.

178 — 4 mètres de petite frange de couleur, à glands rouges.

179 — $6^m,80$ de frange de couleurs jaune, bleue et blanche.

180 — Onze petites coupes de frange dorée.

181 — $4^m,20$ de frange haute, dorée.

182 — Treize petites coupes de frange dorée.

183 — 8 mètres de frange à glands de couleur.

184 — $13^{m},50$ de frange de couleurs bleue et jaune.

185 — 7 mètres de frange en soie rouge, à glands.

186 — 6 mètres de frange en soie jaune.

187 — $7^{m},50$ de frange en soie jaune.

188 — 5 mètres de frange en soie jaune.

189 — 16 mètres de frange rouge en velours de Gênes.

190 — $8^{m},25$ de frange rouge à glands.

191 — $11^{m},75$ de frange, soie rouge à glands.

192 — $2^{m},20$ de frange rouge.

193 — $6^{m},40$ de frange, soies bleue et jaune.

194 — $6^{m},10$ de frange, soie.

195 — $9^m,60$ de frange en soie blanche à glands.

196 — 5 mètres de frange, soie rouge.

197 — 8 mètres de frange, soie de couleurs.

198 — 8 mètres de frange, soie rouge à effilés.

199 — $4^m,80$ de frange à effilés, en soie de couleur.

200 — Sous ce numéro, un lot de franges diverses. (Sera divisé.)

201 — Deux coupes franges de couleurs.

202 — $9^m,50$ frange rouge.

203 — $2^m,50$ frange rouge.

204 — 15 mètres frange rouge.

205 — $2^m,50$ effilé soie.

206 — Chasuble en velours de Gênes.

207 — Petit tapis.

208 — $6^m,25$ frange rouge.

209 — $3^m,50$ frange rouge.

210 — 6 mètres frange rouge et or.

211 — 8 mètres frange verte.

212 — 6 mètres frange couleurs verte et grisaille.

213 — 3 mètres de dentelle, point d'Angleterre. Larg., 27 cent.

214 — $3^m,60$ de dentelle, point de Milan. Larg., 8 cent.

215 — Sous ce numéro, lot de dentelles diverses, Angleterre, Milan, Alençon, etc. (Sera divisé.)

216 — $2^m,90$ de dentelle dorée.

217 — $4^m,60$ de dentelle, point de Milan.

218 — $7^m,50$ de dentelle Milan. Haut., 8 cent.

CURIOSITÉS

OBJETS DE VITRINE — OBJETS DIVERS

219 — Deux figures agenouillées, porte-lumières en bois sculpté et doré. Époque Louis XIII.

220 — Petite coupe en verre de Venise.

221 — Peinture sur bois : le Christ et les Saintes femmes. Cadre en cuivre avec ornements.

222 — Bénitier Louis XIII, orné de coraux, avec cadre émaillé sur cuivre.

223 — Deux figurines en faïence : homme et femme.

224 — Peinture sur cuivre dans un cadre en cuivre.

225 — Gouache encadrée : la Sainte Famille.

226 — Miniature : portrait de femme. Cadre noir.

227 — Cadre octogone Louis XIII, avec ornements en cuivre.

228 — Reliquaire Louis XIII, dans un cadre à pans orné de cuivre et de plaquettes en glace.

229 — Christ en ivoire. Époque Louis XIV.

230 — Deux vases en faïence italienne.

231 — Deux potiches en faïence d'Urbino.

232 — Buste en faïence émaillée.

233 — Trois statuettes en bronze doré. Époque Louis XIV.

234 — Petit buste de jeune fille en marbre blanc.

235 — Salière en faïence de Castelli.

236 — Figurine d'homme en terre peinte.

237 — Petit buste de femme en terre cuite.

238 — Verre de Bohême avec décors d'armoiries et de fleurs en couleurs.

239 — Poignée d'épée Louis XIII.

240 — Coffret en cuir rehaussé d'or avec armoiries papales.

241 — Socle en marbre blanc orné d'armoiries et de cariatides. Époque Renaissance.

242 — Statuette d'homme en marbre blanc sur socle avec rehauts d'or. Travail italien, fin du XVIe siècle.

243 — Groupe de la Vierge et l'Enfant.

244 — Bas-relief en bois sculpté : Adoration des Mages.

245 — Bas-relief en terre cuite et peinte : la Sainte Famille. Travail italien, XVIIe siècle.

246 — Bas-relief en cire : la Cène.

247 — Quatre cadres en bois sculpté.

248 — Deux figures de lions couchés, en argent, sur socle en marbre.

249 — Lorgnette en écaille et ivoire.

250 — Grande jardinière en cuivre rouge à godrons. Époque Louis XIII.

251 — Boîtier de montre en or avec émail, entourage en jargon.

252 — Boîtier de montre orné d'un émail.

253 — Deux grandes boucles en argent. Époque Louis XIII.

254 — Boîte en émail de Saxe, décors de marine.

255 — Boîte en émail, décors de fleurs.

256 — Boîte en émail de Saxe, ornements dorés.

257 — Boîte en émail de Saxe, sujets de cavaliers.

258 — Trois boîtes en émail de Saxe, sujets animaux.

259 — Étui en argent repoussé. Époque Louis XIV.

260 — Étui en argent repoussé. Époque Louis XV.

261 — Boîte en or, époque Louis XV, avec sujets personnages.

262 — Petite boîte en or, époque Louis XV, sujets personnages sur le couvercle.

263 — Boule en fer, travail ajouré.

264 — Boîte à hosties en argent. Époque Louis XIII.

265 — Boîte à hosties en argent, époque Louis XIII, ornée d'une inscription.

266 — Baiser de paix en argent. Époque Louis XIII.

267 — Plaques de ceinture formées par deux peintures ornées d'entourages en acier.

268 — Miniature ronde, sujets de personnages et amours.

269 — Brûle-parfums en argent, décors de feuillages. Époque Louis XIII.

270 — Peinture sur verre : le Christ.

271 — Sonnette en bronze.

272 — Peinture ovale sur cuivre : l'Annonciation. Cadre en cuivre avec fleurs en argent.

273 — Peinture, sujets religieux, cadre en cuivre avec ornements en argent.

274 — Pendentif et paire de boucles d'oreilles en argent, travail à jours.

275 — Monture de diadème en or émaillé.

276 — Pendentif forme cœur, cadre en or.

277 — Petit plat en cuivre repoussé. Époque Louis XIII.

278 — Deux têtes d'enfants, bois doré et sculpté, formant reliquaire.

279 — Buste en bois doré et sculpté formant reliquaire.

280 — Deux reliquaires en bois sculpté et doré.

281 — Reliure ancienne en maroquin.

282 — Grand missel relié en maroquin aux petits fers dorés.

283 — Groupe de la Vierge et l'Enfant en marbre avec rehaut d'or. XVe siècle.

284 — Groupe de la Vierge et l'Enfant, avec partie dorée. XVIIe siècle.

285 — Deux écussons en broderie.

286 — Trois écussons en broderie.

287 — Deux petites pièces en broderie de couleurs.

288 — Trois reliures anciennes aux petits fers.

289 — Livre d'heures, daté de 1503, orné d'enluminures.

290 — Trois broderies anciennes.

291 — Collier argent.

292 — Croix argent.

293 — Statuette argent : saint.

294 — Cachet argent.

295 — Éva.

296 — Figurine de Capo di Monte.

297 — Trois cadres en bois sculpté.

298 — Lustre en couleur de Venise.

299 — Frise de cheminée. Époque Renaissance.

300 — Christ en terre cuite.

301 — Vitrail rond.

302 — Neuf assiettes en porcelaine du Japon.

303 — Quatre petits plats en porcelaine de Savone.

304 — Petit plat sur piédouche.

305 — Deux plats en Japon.

306 — Cinq écritoires en bronze.

307 — Deux consoles, bois noyer sculpté et doré, formées par des groupes d'enfants.

308 — Deux figurines d'anges, marbre blanc.

309 — Croix, cuivre repoussé, Louis XIII.

310 — Violon italien.

311 — Quatre figurines, bronze doré.

312 — Sainte, marbre blanc. XVIe siècle.

313 — Sainte, marbre blanc. XVIe siècle.

314 — Baiser de paix : la Sainte Famille.

315 — Petit flacon, argent.

316 — Épingle de cravate en or.

317 — Petite clef en argent doré. Style Louis XVI.

318 — Quinze petites cuillères en argent.

319 — Cafetière et flacon en argent.

320 — Deux pommes de canne en argent.

321 — Petit œuf en porcelaine émaillée.

322 — Six petites boîtes en argent gravé. (Sera divisé.)

323 — Bijou pendentif en argent doré et émaillé.

324 — Bijou pendentif en argent doré et émaillé.

325 — Œuf en émail de Saxe, renfermant un mouvement de montre à l'intérieur et orné de bronze.

326 — Meuble-vitrine Louis XV.

327 — Meuble-vitrine Louis XV.

328 — Bureau plat.

329 — Coffre en bois sculpté.

330 — Glace, cadre doré.

331 — Six fauteuils en bois doré.

332 — Quatre fauteuils Louis XIV, en bois doré.

333 — Meuble-cabinet. Époque Louis XIII.

334 — Coffre gothique en bois sculpté.

335 — Lampes juives.

336 — Lot d'objets en étain : cafetières, pots, cannettes, flambeaux, etc. (Sera divisé.)

337 — Lot de tasses, soucoupes et assiettes, etc. en porcelaine de Berlin. (Sera divisé.)

338 — Boîte à thé, à pans en cuivre.

339 — Vase à couvercle en cuivre.

340 — Jolie tapisserie Louis XV, avec toutes bordurês, représentant une halte de chasseurs dans un paysage. (Hauteur, 3 mètres; largeur, 5 mètres,)

341 — Panneau en tapisserie du XVIIe siècle, représentant un sujet biblique avec toutes bordures. (Hauteur, 3 m. 50; largeur, 3 m. 40.)

342 — Autre panneau analogue comme sujet au précédent. (Hauteur, 3 m. 50 ; largeur, 2 m. 70.)

343 à 349 — Plusieurs tapisseries, qui seront vendues séparément.

350 — Objets non catalogués.

www.ingramcontent.com/pod-product-compliance
Ingram Content Group UK Ltd.
Pitfield, Milton Keynes, MK11 3LW, UK
UKHW020515180726
13839UKWH00005B/2094